문학과지성 시인선 511

Lo-fi

강성은 시집

강성은

문학과지성사

문학과지성사에서 펴낸 강성은의 시집

단지 조금 이상한(2013)

문학과지성 시인선 511

Lo-fi

초판 1쇄 발행 2018년 6월 29일
초판 12쇄 발행 2023년 11월 27일

지 은 이 강성은
펴 낸 이 이광호
편   집 박선우 최지인 이민희 조은혜
펴 낸 곳 ㈜문학과지성사
등록번호 제1993-000098호
주   소 04034 서울 마포구 잔다리로7길 18(서교동 377-20)
전   화 02)338-7224
팩   스 02)323-4180(편집) 02)338-7221(영업)
전자우편 moonji@moonji.com
홈페이지 www.moonji.com

ISBN 978-89-320-3114-9 03810

지은이는 2015년 대산창작기금을 수혜했습니다.

이 도서의 국립중앙도서관 출판예정도서목록(CIP)은 서지정보유통지원시스템 홈페이지
(http://seoji.nl.go.kr)와 국가자료공동목록시스템(http://www.nl.go.kr/kolisnet)에서
이용하실 수 있습니다. (CIP제어번호: CIP2018018853)

문학과지성 시인선 511

Lo-fi

강성은

시인의 말

누군가 건네준 낙엽을 맛보는 밤
긴 잠이 겨울밤을 숨길 수 있는가

2018년 6월
강성은

Lo-fi

차례

시인의 말

해설

1부

섣달그믐

고양이가 책상 위에 잠들어 있다
고양이를 깨우고 싶지 않아
나는 따뜻한 음식을 만들기로 한다
손에 든 감자 자루를 놓치자
작은 감자알이 끝도 없이 굴러 나온다
쏟아지는 감자를
어찌할 수 없어 멍하니 바라보는데
갑자기 라디오가 저절로 켜지고
어제 들었던 노래가 흘러나와
밖에선 종말처럼 어두운 눈이 내리고 있고
나는 이제 잠에서 깨버릴 것 같은데
집이 점점 더 깊어지고 있다
고양이가 너무 오래 잔다

밝은 미래

자정 너머 눈 쌓인 길을 걸어 집으로 가는 남자
인적 없는 밤길
둘에 하나는 고장 난 가로등
갸우뚱했지만 남자는
발이 푹푹 빠져 들어가는 눈길을 겨우 헤치고 나아간다
어디선가 살아 있는 것이 낑낑거리는 소릴 들었지
눈 속에 파묻힌 개를 끌어 올려 품에 안고
작은 개야, 오늘 밤은 나와 함께 가자
다시 컴컴한 어둠 속에서
길을 찾아 집으로 돌아가는 것이었다

그 장면을 보던 나는 알아버렸지
아, 나는 아직 태어나지 않았구나

저들은 아주 행복해 보였고
그것은 오래전의 먼 일이었으나

가능하다면 미래이길
나는 그들의 뒷모습이 사라질 때까지 지켜보았다

Ghost

그 여자는
살아 있을 땐 죽은 여자 같더니
죽고 나선 산 여자처럼

밤의 정원
이 나무 저 나무를 옮겨 다니는 작은 새처럼
밤하늘을 떠다니는 검은 연처럼

장갑을 끼면 손가락이 생겨나고
양말을 신으면 발가락이 생겨나고
모자를 쓰면 머리가 생겨난다

책을 읽으면 눈이 생겨나고
음악을 들을 땐 귀가 생겨나고
하고 싶은 말이 떠오르면 입술이 생겨나는데

그 여자는
살아 있을 때도
죽어서도 입이 있어도
말은 못한다

그곳은 평화롭겠지

이대 앞에 살 때 자주 봤던 두 사람
레닌그라드 카우보이처럼 머리를 세운 거구의 남자
한여름에도 오리털 잠바를 입고 있던 까만 맨발 여자
전철역 주변을 서성이며 혼자 중얼거리다
가끔 하늘을 보며 히죽히죽 웃었다
많은 사람들이 스쳐 지나갔다

밤이 되면 저들은 어디로 돌아가는지
밤이 되면 저들의 눈은 무엇을 보는지

언젠가 꿈속에서 나는 길바닥에 누워 있었다 지나가던
사람들이 동전을 던지거나 발로 차기도 했는데 어떤 낯선
얼굴이 안타까운 표정으로 내 눈을 보며 눈물을 흘리기도
했는데 왜인지 나는 일어날 수도 소리를 지를 수도 없었다

그때 하늘은 여전히 평화로웠다
새들은 멀리로 날아가고
왜인지 밤은 다시 오지 않았다

그곳은 평화롭겠지

사운드

겨울밤
복도에는 복도의 소리
빈방에서는 빈방의 소리가 나고
거울 속에는 거울 속의 소리가 난다

눈길에 장화를 신은 남자가
나무를 끌고 가는 소리
겨울
음악은 사운드지
네가 말했다
쓸모없는 소리
내가 말했지

너의 불안에도 소리가 있어
귀뚜라미 소리
마룻바닥이 삐걱거리는 소리
누가 오나 보다

카프카의 잠

그는 야근을 하고 있었다 밖에는 눈이 내리고 있었고

라고 쓰자 그는 잠이 쏟아졌다

그가 책상 위에 쌓인 서류 더미를 뒤적이고 있을 때 누군가 문 두드리는 소리가 들렸다 똑똑 이 야심한 시각에 사무실을 방문한 사람이 누굴까 그는 고개를 갸웃하며 걸어가 문을 열어주려 했으나 문은 열리지 않았다 굳게 잠긴 문을 열어보려 애쓰다 이 문은 밖에서 열어야 한다는 사실을 깨닫곤 난처한 표정을 지었다 유심히 문을 바라보던 그는 조심스럽게 두드려보았다 똑똑

아무 소리도 들리지 않았다 다시 똑똑
그는 갇힌 것이다
아무도 없는 밤에
눈 내리는 사무실에
어마어마한 눈이 쏟아지고 쌓이고 있는데
건물이 눈 속에 파묻힐 것 같은데

그는 나가지도 못하고
그를 도와주러 올 이 하나 없는 것이다
저 눈을 멈추게도 할 수 없는 것이다

흰 눈은 펑펑 쏟아지고
누구도 저 희고 무서운 것을 멈추게 할 수는 없어

그가 잠에서 깨어나길 기다릴 수밖에 없는 것이다

이상하게도 그가 삶을 포기하고 나면
죽음을 기다리고 있으면
모든 것이 달라지는 것이다

그가 잠에서 깨어나는 것이다

저녁의 저편

여자는 그에게 저녁을 먹으러 올 수 있는지 물었다 전화를 끊자 막 빗방울이 떨어지기 시작했다 새들이 자꾸만 유리창에 부딪쳐 떨어졌다 여자는 갑작스런 코피가 멈추지 않아 그대로 바닥에 누웠다 새로 산 양탄자에서 화약 냄새가 났다 조금씩 빗방울이 굵어지는데 새들은 자꾸 날아와 부딪치고 여자는 코피가 멈추지 않아 그대로 누워 있다 날이 어두워지는데 새들은 무엇을 보고 돌진해 오는 걸까 피가 목구멍으로 넘어간다 누가 이 많은 새들을 날려 보내고 있을까 우리에게 왜 이런 계절이 닥치는 걸까 생각한다 문이 열리고 누군가 들어온다 그는 마치 유령처럼 보였는데 머리에 쌓인 흰 눈을 털었다 여자는 일어나 침착하게 음식을 내왔다 아무 일도 없었다는 듯 마주 앉았다

채광

창문에 돌을 던졌는데
깨지지 않는다

생각날 때마다 던져도
깨지지 않는다

밤이면 더 아름다워지는 창문

환한 창문에 돌을 던져도
깨지지 않는다

어느 날엔 몸을 던졌는데
나만 피투성이가 되고
창문은 깨지지 않는다

투명한 창문
사람들이 모두 그 안에 있었다

사랑의 방

　새벽 두 시 현관문을 두드리는 사람이 있었고 문을 열자 경찰관이었고 그는 내게 함께 가야 한다고 했다 이런 일은 원래 갑작스런 것이라고 환하게 불 켜진 파출소로 들어가자 긴 의자에 앉아 기다리라고 했다 그는 부산스럽게 왔다 갔다 하며 컴퓨터로 업무를 보고 몇 통의 전화를 받아 짧게 사무적인 말들을 했다 나는 그에게 언제까지 여기 앉아 있어야 하냐고 물었지만 곤란하다는 듯 좀더 기다려보라 말했다 다른 사람은 없었다 그는 무척 피곤해 보였는데 꾸벅꾸벅 졸더니 그만 책상에 엎드렸다 나는 여기 계속 앉아 있어야 할까 고민했지만 그렇다고 딱히 도망치듯 나갈 수도 없었다 잠든 그의 얼굴을 살펴보았다 늙고 병들어 보였다 겉옷을 벗어 그에게 덮어주고 그의 책상에서 죽어 있는 화초에 물을 주었다 중얼거리듯 그가 잃어버린 것이 있지 않습니까,라고 내게 물었다 그리고 반드시, 반드시 찾을 겁니다,라고 잠꼬대하듯 말하더니 다시 잠 속으로 들어갔다 나는 다시 긴 의자로 돌아가 앉았다 잃어버린 것이 분명히 있는데 기억이 나지 않았다 이런 질문과 이런 밤이 처음은 아닌 것 같았다 잃어버린 것이 있다

악령

　포로가 된 것은 눈 깜짝할 사이의 일이었다 영문을 모른 채 손과 발이 포승줄에 묶여 있었다 나처럼 묶인 자들이 줄지어 걷고 있었다 저항도 없이 고개를 숙이고 있었다 적의 모습은 보이지 않고 그러나 우리는 끌려가고 있었다 숲속의 작은 길이었다 키 큰 소나무들이 늘어서 있었다 고요하고 서늘했다 우리는 어디론가 계속해서 걸어가고 있었다 이제 우린 끝이라고 누군가 말했다 전쟁은 아직도 끝나지 않았다고 다른 누군가 말했다 적군인지 아군인지 알수 없었다 어쩌면 우린 이미 죽은 시체들일까 나는 잠시 생각했다 죽음 이후의 삶에 대해서는 아는 바가 없었다 배불리 먹고 잠들면 그만이라고 또 누군가 말했다 서리가 내리는 늦가을이었는데 생각하는 사이 금세 무릎까지 쌓인 눈을 밟고 있었다

환상의 빛

집은 햇빛에 불타고
나는 깨끗한 물에서 잠들었다
입술이 파래질 때까지 여름 속에서 나오지 못했다

안식일의 유령들

이 도시의 맨 끝으로 가려고 버스를 탄다

버스는 한 번도 정차하지 않는다

눈 내리는 거리를 지나갈 때

눈 내리는 숲을 지나갈 때

나는 생각한다

오늘은 참 이상한 날이로구나

오늘은 참 이상한 날이야

창밖에는 아무도 없구나

정말 아무도

버스에 탄 많은 사람들이 창밖을 하염없이 바라보고
있다

어제는 취한 자였는데

오늘은 병든 자로구나

일요일의 사람들처럼

일요일의 동물원처럼

Ghost

밤이 되자 늙은 야간 경비원은 벌판을 순찰했다 어둠 속에서 눈이 펄펄 날리고 있었다 그는 밤의 벌판에 익숙했다 매일 밤이 시작될 무렵부터 끝날 때까지 천천히 걸었다 벌판에는 아무것도 없었다 가끔 동물들이 푸른 안광을 번득이며 어둠 속으로 사라지곤 했다 오늘 밤은 달도 없구나 그는 조그만 손전등으로 멀리까지 비추었다 어둠 속에도 길이 있어 그는 늘 정해진 방향으로 움직였다 한참을 걷다 보니 저만치 어둠 속에 어둠보다 더 검은 물체가 덩그러니 놓여 있었다 크고 묵직한 검은 비닐봉지였다 툭툭 차보았다 무언가 아주 작게 꿈틀거렸다 두려운 마음에 그는 한 발짝 물러섰다가 발길을 돌렸다 가도 가도 어두운 들판이었다 눈보라가 치자 그는 앞이 잘 보이지 않았다 잠시 방향을 잃은 것 같았다 웅웅거리는 소리는 처음엔 아주 조그맣게 들렸지만 곧 폭풍처럼 몰아쳤다 개를 잃은 사람과 고양이를 잃은 사람과 아비를 잃은 사람과 딸을 잃은 사람과 집을 잃은 사람들이 각자의 어둠 속에서 울부짖고 있었다 그는 귀를 막고 다시 발길을 돌렸다 가도 가도 어두운 들판이었다 눈보라였다 벌판은 넓고 밤은 더 넓고 검었다 그는 아주 오래 걸었다 그의 눈으로 서서히 들어온 것은 어둠 속에서는 어렴풋이 보였던 백색의 눈, 백색의 눈이 생물처럼 무섭게 사방으로 소용돌이치고 있었다 검은 비닐봉지 안에 무엇이 들어 있었을까 생각하는 동안 희붐한 빛이 그의 몸속으로 스며들었다 그의 몸이 조금씩 희미해지고 있었다 오늘 밤이면 다시 일어설 그의 오래된 육체가

비닐하우스

추워서 들어간 그곳이
말할 수 없이 포근해 놀랐습니다
검고 촉촉한 밭고랑 사이로
푸른 상추가 자라고 있었습니다

밖은 겨울
이토록 얇은 비닐일 뿐인데

겨드랑이에 땀이 났습니다

안이 너무 넓고 투명해
출구가 보이지 않았습니다

비닐 너머에
환하고 환한 빛들이 있는 것처럼

상추는 믿을 수 없이
크고 싱싱한
날개를 펄럭이며

이곳은 누구의 집인지

누구의 꿈속인지

묻지 않았고

끝없는 겨울이라고

아무도 말해주지 않았습니다

미아의 겨울

아침밥을 만들어놓고 한나절을 기다렸는데
개와 고양이와 토끼가 오지 않았다
미아는 불안한 마음이 들었다
어젯밤 숲에서 얼어 죽은 건 아닐까
밤사이 온도계의 유리는 깨져 있었다
미아의 낡은 집은 바람이 불 때마다 덜컹거렸지
해마다 겨울이면 많은 이가 죽었다
늙어버린 미아의 친구들은 이제 다들 고아가 되었다고
울먹이며 말했지
고아가 아닌 적 없었던 미아는
막연히 슬프고 왜 우는지 모르면서 운다
오늘 밤엔 또 누가 고아가 될까
겨울밤엔 끝나지 않는 긴 소설을 읽어도
쉽게 잠을 이루지 못하고
눈 속에서 얼음이 된
춥고 배고픈 개와 고양이와 토끼를 생각하다가
캄캄한 밤 등불을 들고
어두운 처마들을 지나 백색 나무들을 지나
겨울 숲으로 들어간다
오늘 밤엔 또 누가 고아가 될까

계면界面

k는 죽은 후에도 가끔 산책을 한다

p는 죽은 후에도 가끔 시를 쓰고 담배를 핀다

r은 술을 마시고 꿈도 꾼다

어제는 오래전 죽은 친구를 만나 강에서 수영을 했는데

죽었다는 사실을 잊었다

b는 살아 있는 사람인 척 온종일 카페에 앉아 있었다

아무도 신경 쓰지 않았다

옆 테이블에서 떠드는 사람들도

살아 있는 척하느라 그런 것 같았다

도시에는 사람들이 너무 많아서

누가 죽은 사람인지 산 사람인지 구별하기 어려웠다

m은 아이를 낳고 나서 자신이 죽었다는 사실은 잊기로

했다

생각해봐야 좋을 것이 없었다

h는 죽은 애인과, y는 산 애인과

결혼식을 올렸다 모두의 축복을 받으며

죽음이 그들을 갈라놓을 때까지 함께하기로 맹세했다

g는 죽었다가 일 년에 한 번씩 깨어나

자신의 개가 잘 지내는지 확인하고 다시 죽었다

z는 매일 해산물 요리를 먹으며

죽어서도 이걸 먹을 수 있다면 죽음 따윈 문제될 게 없다고 확신했다

w는 죽음을 앞두고 있었다

오직 완전한 죽음을 바랐다

한밤중 불 켜진 사무실

n은 매일 밤 야근을 했다

그러다 책상 위에 쓰러져 잠이 들었고

잠에서 깨면 다시 야근이 시작되었다

불 꺼진 시장에서 버려진 야채를 줍던 노인은

늘어선 천막과 전깃줄 위로 가득 내려앉은 검은 까마귀 떼를 보고

두려워하지도 도망가지도 않았다

삶과 죽음이 다르지 않다면

죽음이 무슨 소용인가요

가수는 노래하고 입을 다물지 못하고

죽고 죽고 죽어도 다시 살아나 노래하고

s는 어제 쓴 일기를 반복해 써 내려가고

c는 읽을 수 없는 글자들을 매일 베껴 적는다

불행한 일들이 그림자처럼 따라다니고
불운한 날들이 빛처럼 쏟아져 내려도
도시가 잠기도록 비가 내려도

2부

말을 때리는 사람들

말을 탄 적 없는데
말을 본 적도 없는데

언제부턴가 나는 말을 때리고 있다
이 매질을 멈출 수가 없다

누가 명령했을까
더 세게 때려야 더 빨리
더 더 먼 곳으로 간다고

말의 얼굴을 눈을 슬픔을 보지 않으려고
말의 뒤에서
나는 말을 때리는 사람이 되었지

말을 때리는 소녀는 자라서
말을 때리는 노인이 되고
말을 때리는 이웃이 되고
말을 때리는 밤이 되고

말을 때리라는 목소리가 되고
보이지 않는 말을 만들어내는 믿음이 되고

말이 얼마나 큰지
말이 얼마나 오래 달리는지
말을 때리는 소녀는 아직 모른다

동물원

비가 내렸다
홍학도 원숭이도 사자도 기린도 라마도 하마도 물개도
늑대와 너구리와 수달도
비를 보지 못했다
해도 보지 못했다

실종된 아이들이
동물원에서 살고 있다는 소문
잃어버린 아이들을 찾으러
눈멀고 귀먹은 백발의 노인들이
동물원 더 깊숙이 들어갔다

작년에 탈출했던 곰이 돌아왔다
작년에 사자에게 물려 죽은 조련사도 돌아왔다

동물원 밖에도 동물이 있다고
동물원 밖에도 동물원이 있다고

신들이 사라지고 나선
이제 인간이 사라지는 일만 남았다고

부고 訃告

그해 시월
공중에는 검댕이 마구 날아다녔다
사람들은 마스크를 쓰고 우산으로도 막아봤지만
피할 수 없었다
밤이 되면 씻고
낮이면 다시 더러워졌다

십일월의 나뭇잎들은 나무에 매달려 지지 않았다
검고 불길한 생물처럼 보였다
바람이 불면 울면서 노래도 불렀다

십이월이 오자
검은 것들이 하늘에서 떨어졌다
저것이 눈이라니 (저것이 눈인가, 저 검은 것이 눈이라니)
믿을 수 없다는 듯 탄식하는 사람들 사이로
신난 개들이 뛰어다녔다

더러워진다고 죽는 건 아니다
잠들기 전 사람들은 눈을 감고 속으로 되뇌었다

먼 곳에서 발생한 큰불이 꺼지지 않고 있다는 걸
곧 이곳을 휩쓸 거라는 걸

그들은 몰랐다
그들만 몰랐다

낙관주의자

잉어찜을 먹었다 잉어는 아주 컸고 어제까지도 물속을
헤엄쳐 다녔을 거라는 건 생각하지 않았고 저수지의 깊은
물도 생각하지 않았다 어제 내린 비로 물이 불어 잠긴 낮
은 지대의 집들과 지붕들을 생각하지 않았고 그곳에도 사
람들이 있다는 것을 생각하지 않았다

학교의 연못에는 커다란 잉어 떼가 검은 물속을 무리
지어 다녔는데 먹이를 주지 마시오,라는 팻말이 붙어 있었
고 하지만 누군가 뭔가 던지기만 하면 탐욕스럽게 달려들
었다 어떤 잉어들은 사람의 얼굴을 닮았고 사람보다 오래
살기도 한다고

등 푸른 생선을 먹을 때도 먼바다를 생각하지 않았고
커피를 마실 때도 커피 농장과 그곳의 아이들을 생각하지
않았다 닭을 먹으며 새들을 생각하지 않았고 소를 먹으며
돼지를 먹으며 생각이란 걸 하지 않았고 먹고 또 먹었다

잉어 가시가 목구멍에 걸렸는데 병원에 가지 않았다 커
다란 잉어의 커다란 가시 어떤 의심도 없이 나는 그것을

삼켰는데

    검은 물속에서 문득 아름다운 빛깔의 비늘을 드러내 보
이며 잉어는 진흙도 먹을 것이다

밤의 광장

검고 푸른 밤이었다 길을 걷다 광장에 이르렀다 좁은 골목길을 빠져나오자 광장이 내 앞에 펼쳐져 있었다 광장은 넓고 고요하고 아무도 없었다 나는 광장의 침묵 속에 한참 서 있다가 광장을 가로질러 작은 샛길로 들어갔다 미로처럼 얽힌 좁은 골목들과 처마를 지나 불 켜진 창을 지나 교회와 상점들을 지나자 또다시 광장이 나타났다 광장은 여전히 고요했고 바닥에는 버려진 깃발과 전단지 들이 굴러다녔다 진흙과 피의 냄새가 공기 중에 스며 있었고 어디선가 낮은 울음소리가 들려왔다 개 울음소리인지 고양이 울음소리인지 사람의 울음소리인지 분간이 가지 않았다 두려운 마음에 나는 급히 광장을 빠져나왔다 길은 이어져 있었고 이 길은 집으로 가는 길이었다 불 꺼진 시장을 통과해 학교와 약국과 정류장을 지났는데 내 집은 나타나지 않았다 좁은 골목들과 창문들을 지나 작은 다리를 건너자 다시 광장이 나타났다 어둠 속에 시체들이 줄지어 누워 있었다 그들은 내 가족과 친구들과 꿈속에서 보았던 사람들, 내가 아는 모든 이들이었다 그리고 그들의 끝에는 내가 누워 있었다 나는 나의 얼굴을 만져보았다 그는 뜨거웠고 내 손은 차가웠다 죽어 있는 것은 나였다 우리 모두가

이곳에서 죽었다는 게 떠올랐다 우리 모두가 이곳에서 부
르던 노래가 떠올랐다 이 광장을 벗어날 수가 없구나 이
노래는 끝나지 않는구나 매일 밤 모든 길은 광장으로 이어
졌다 벗어나려 할수록 더 그랬다

안티고네

좁고 어두운 방
창가에 기대서서
마지막 햇빛이 떠나가는 걸 본다

오늘 죽는 자는 영원히 죽지 않고
오늘 산 자는 영원히 살지 않고

결코 다시 죽지 않으리

마지막 햇빛이
사라지는 걸 본다

Ghost

새벽 두 시 유모차를 밀며 가는 젊은 여자
한없이 맑은 고층 빌딩 유리창으로
날마다 날아가 부딪치는 여자
여름에도 겨울에도 맨발로 다니는 여자
혼자 동물원에 가는 여자
눈이 내릴 땐 죽고 싶은 여자
불가능과 불가해와 영원이라는 말을 늘 생각하는 여자
파도가 검은빛으로 변하는 걸 지켜보는 여자
죽은 아이를 업고 다니면서도
왜 몸이 무거운지 모르는 여자
깊은 밤 거울에 빠져 허우적거리다 가라앉아도
다시 살아 기어 나오는 여자
아름다움을 슬픔으로
사랑을 고통으로 아는 여자
그날 이후 얼음이 된 여자
얼음을 도끼로 내리치는 여자
매일 밤 베틀 앞에서 자신의 수의를 짜는
죽지 않는 늙은 여자

Ghost

여자가 얼음을 깨고 빨래를 하고 있었다 큰 강이었는데
지금은 온통 하얀 빙판이었다 옷을 여러 개 겹쳐 입은 여
자가 얼음물에 옷가지를 헹구고 있었다 시퍼렇게 부은 손
을 간혹 입가에 대고 녹이며 눈보라와 사나운 북풍이 여자
의 얼굴을 마구 쓸고 지나갔다 빨래 통에 수북이 담긴 옷
가지는 시간이 지나도 줄지 않고 이상한 일이네 여자는 생
각했지만 너무 추웠다 해가 지기 전에 빨래를 끝내야만 해
서둘러 헹구고 또 방망이질을 했다 쌓아둔 빨래는 그대로
얼었다 저 무거운 얼음들을 들고 집으로 갈 수 있을까 여
자는 멈췄다 손과 발이 얼어붙어 더 이상 움직일 수 없었
다 누가 내게 빨래를 시켰지? 누가 내게 이 혹한의 날씨에
빨래 통을 내밀었지? 이 빨래를 다 해야만 집으로 돌아갈
수 있다고 누가 내게 말했지? 여자는 자신이 입은 낡고 더
러운 옷을 내려다봤다 그리고 고개 돌려 마을을 바라봤다
산과 들판 마을까지 모두 내내 흰 눈으로 덮여 있었다 아
무도 없는 듯 고요했다 그때 멀리서 누가 등불을 들고 빙
판 위를 걸어오고 있었다 이상한 일이네 한낮인데도 등불
이 저렇게 환히 보이다니 등불을 보는 것만으로도 약간의
온기가 느껴졌다 여자는 한동안 꼼짝도 않고 등불을 바라

보았다 등불은 여자를 향해 오고 있었는데 너무 더뎌 결코 오지 않을 것처럼 느껴졌다 손을 흔들려는 순간 여자는 자신이 얼음이 된 것을 알았다 곧 머릿속까지 얼음이 차오를 것 같았다 여자의 눈물이 순식간에 고드름처럼 매달렸다 이 강은 이 빙판은 끝나지 않는 겨울과 빨래는 언제부터 시작된 걸까 여자는 안간힘을 다해 얼음이 된 몸을 움직여 물속으로 뛰어들었다 온통 희고 차고 끝나지 않는 이 겨울을 끝낼 방법은 그것뿐인 것 같았다 녹을지도 모른다 생각했다

저지대

그는 입속에 차곡차곡 쌓아둔 말 때문에 어느 날 밤 아래로 가라앉기 시작했다고 했다 그 말들이 자갈처럼 무거워져서 도저히 몸을 일으킬 수가 없다고 매일매일 조금씩 가라앉고 있다고 했다 삼 년이나 지났는데 아직도 가라앉고 있다고 이건 꿈이 분명하다고 그런데 이렇게 긴 꿈은 처음이라고 이 꿈에서 깨는 방법을 알고 싶다고 겨우 말을 이었다 그는 입속의 말들이 어떻게 돌멩이가 되는지 내 속에 어떻게 이렇게 많은 돌멩이들이 있는지 이해할 수 없는 일이라고 했다 모든 이야기에는 끝이 있고 모든 영화에는 엔딩이 있는데 어째서 이 꿈에는 출구가 없는지 도무지 모르겠다고 했다 얼마나 더 아래로 내려가야 바닥에 닿을 수 있는지 과연 바닥이라는 것이 있기나 한 건지 알 수 없다고 했다 그리고 당신이 내가 삼 년 만에 처음 본 사람인데 당신도 이 꿈의 마지막을 알 수 없겠지요,라고 슬픈 눈빛으로 말했다 나는 자갈이 목까지 차서 아무 말도 할 수 없었다 우리는 서로를 바라보며 더 아래로 깊이 가라앉고 있었다

환상의 빛

내가 사랑하는 동유럽 작가들처럼
고통이 빛이 되는
삶은 내 것이 아니길 바랐다

한밤중 택시를 타고 달릴 때
문득 흘러나오는 슈베르트의 가곡처럼

죽은 시인과 죽은 외할머니가
함께 잠들어 있는 내 환한 다락방처럼

꿈에서도 손가락을 박는 재봉사의
잠과 밤처럼

어찌할 수 없는 일들이
비가 오고 눈이 내리는 것

모국어라는 이상한 공기처럼
시라는 이상한 암호처럼

여름 일기

장마가 끝나고 물이 불어난 개울에서 아이들은 물고기를 잡았다 팔뚝만 한 메기를 잡은 아이를 둘러싸고 모두 낄낄거리며 긴 수염을 잡아당겼다 메기는 뻐끔거리며 말했다 나는 그것을 들었는데 아무에게도 말하지 않았다 어두워질 때까지 아이들이 개울을 떠나지 않았다 물속에 더 많은 것이 있기라도 한 것처럼 나는 그곳을 빠져나오려고 했는데 나가는 길이 보이지 않았다 아이들이 너무 많았다 시간이 갈수록 더 모여들었다 물속에 아이들이 물고기가 어둠이 물소리가 가득했다 그해에도 물에 빠져 죽은 아이가 있었다 옆집 아이였다

여름 주간

지루하게 빛이 과수원 위에 머물렀다 해충을 죽이기 위해 모깃불을 놓았는데 흰 연기가 점점 번져 과수원을 덮었다 과목들은 연기 속으로 사라졌다 과수원은 미궁처럼 끝없고 그 속에서 벌레들의 윙윙거림이 쏟아져 나오고 뛰쳐나오고 연기는 더욱 짙어지고 검어지고 불은 점점 더 거칠어지고 동물들의 발소리 같은 것이 들리고 누군가의 울부짖는 소리 저 속에 무엇이 있는 걸까 과수원은 어디로 간 것일까 마스크를 쓴 사람들이 무심히 안으로 걸어 들어갔다 어느새 소리가 잦아들고 연기가 조금씩 걷히고 사라진 과수원이 조금 더 넓어지고 있는 듯했다 해충은 사라지지 않을 것이다 아직 여름인데 연기가 사라지자 나무 꼭대기마다 죽은 새들이 앉아 있었다 푸른 사과가 있어야 할 자리에 매달려 있는 죽은 새들 죽은 것이라고 믿기지 않을 만큼 들썩이고 있었다 마스크를 낀 사람들 사이로 양산을 든 노인이 혼잣말을 중얼거리며 지나갔다 바닥에 죽은 새들을 밟고 들썩이는 새들을 밟고 바삐 걸어갔다 과수원의 겨울을 생각했다 거긴 아무것도 없는 겨울

0℃

라디오를 켜놓은 채 잠이 들었다
일어나 보니 눈이 내리고 있었다

꿈속에는 과거의 사람들만 가득했다
알지 못하는 사람들마저도

공동묘지와 아파트가 구분되지 않고
살아 있다는 것과 죽어 있다는 것이 구분되지 않는

햇볕 속에서 곡소리가 들렸다

제설차가 지나갔다

죽은 사람이 아직도 노래를 부르고 있다
우리 집 지붕 위에서

거울을 통해 어렴풋이

늦여름 뜰에서 리코더를 불었다 뱀 나온다고 옆집 아주머니가 소리를 질렀다 밤도 아닌데 차가운 땀이 흘러 더 이상 리코더를 불 수 없었다 낮잠에 든 엄마는 깨지 않았다 뱀은 나오지 않고 나는 구구단을 외웠다 일 단부터 구 단까지 음악 교과서를 펴고 노래를 불렀다 첫 장부터 마지막 장까지 지난여름 해변에서 거울을 밟고 물속인지 거울 속으로 들어가던 엄마의 모습이 떠올랐다 엄마는 낮잠에 들어 있다 죽은 것처럼 날이 어두워져가고 있는데 나는 다시 리코더를 분다 뱀이 나오면 좋겠다고 생각한다 뜰 한편에선 검은 포도가 익어가고 있는데 이제 저편으로 사라져 보이지 않는다

유령선

우린 다 죽었지
그런데 우리가 죽었다는 걸 아무도 모른다
우린 이미 죽었어요
말해도 모른다
매일 갑판을 쓸고 물청소를 하고
죽은 쥐들과 생선, 서로의 시체를 바다로 던져버리고
태양을 본다
태양은 매일 뜨지
태양은 죽지 않아
밤이면 우리가 죽었다는 것을
죽음 이후에도 먹고 자고 울 수 있으며
울어도 바뀌는 건 없으며
삶은 계속된다는 사실을 깨닫는다
검은 쌀과 검은 물과 검은 밤의 폭풍을 오래오래
이가 녹아 사라질 때까지 씹는다
침수와 참수와 잠수의 밤

언젠가 우린 같은 꿈을 꾸었지
아주 무서운 꿈이었는데
꿈에서 본 것을 설명할 수 없어

잠에서 깬 우리는 모두 울고 있었다

아침이면 다시 태양 아래 가득 쌓여 있는
형체를 가늠하기 어려운 것들

풍랑을 일으킨 거센 비바람은
누군가의 주문이었다는데
어째서 이런 일이 일어났을까
우리의 출항은 순조로워 보였는데
날씨는 맑았고
우리가 당도할 항구의 날씨는 더 맑고 따뜻했는데
어째서 이런 일이 일어났을까

나의 너의 그의 그녀의 너희의 그들의 우리의
아주 무서운 꿈속에서

그곳에 당도하기를
우린 아직도 바라고 있구나
이제 우리 자신이 무서운 바다의 일부인 줄도 모르고

나의 나 된 것

매일 같은 시각에 노인은 개를 산책시켰다 아이들은 교문 밖으로 쏟아져 나왔고 병아리를 파는 남자는 죽은 병아리들을 하수구에 빠뜨렸다 쑥을 뜯으러 갔던 여인들이 며칠째 돌아오지 않았고 주민들이 숲을 수색했다 불 꺼진 교회에서 신음이 흘러나왔다 내가 받을 축복과 저주의 무게를 달아보았다 한밤중 눈은 계절과 무관하게 내렸다 돌이킬 수 없는 일들이 돌이킬 수 없는 고통을 끌고 왔다 사람은 한 번만 죽는 게 아니라고 백 번도 넘게 죽을 수 있다고 너는 말했다 영원히 사는 사람들의 밤에 대해서도 고요히 쌓이는 눈에 대해서도 말했다 이따금 나는 나의 눈을 찔렀다 모두가 나의 나 된 것 때문이라고 생각했다 아무도 모르게 더 오래 살 것이다

3부

Ghost

나는 식판을 들고 앉을 자리를 찾는 아이였다
식은 밥과 국을 들고 서 있다가
점심시간이 끝났다
문득 오리너구리는 어쩌다 오리너구리가 된 걸까
오리도 너구리도 아닌데
이런 생각을 하며
긴 복도를 걸었다
교실 문을 열자
아무도 없고
햇볕만 가득한 삼월

거울

한 아이가 골목에 앉아 노래 부른다

후렴구만 계속 부른다

아무도 오지 않는 골목

아무도 본 적 없는 골목

겨울의 환한 빛과

여름의 서늘한 이끼와

아이의 작은 목소리가 고여 있다

이따금 옆집 새와 고양이가 따라 부른다

아이를 찾던 사람이 홀린 듯 걸어 들어와 울다 지쳐 잠

든다

고요한 물결에 휩쓸려 거울 밖으로 밀려난다

한없이 맑은 날

골목의 담이 모두 허물어지고

아이는 일어나 어디론가 걸어간다

이제 아무도 울지 않는다

거울 속은 텅 비어 있다

합창

합창 대회에 나갔다 관광버스를 타고 먼 도시로 갔다 하얀 블라우스와 빨간 스커트를 입고 목에는 나비넥타이를 맸다 지휘자 선생님은 오지 않았다 선생님의 아버지가 돌아가셨다고 했다 대신 오늘은 할아버지 교감 선생님이 지휘를 한다고 했다 그런데 지휘자 선생님은 지금 슬픔에 잠겨 있다고 했다 우리가 선생님의 슬픔을 위로해주어야 한다고 꼭 상을 받아야 한다고 했다 선생님은 지금 울고 계시겠지 울고 있을 선생님을 생각하다가 한 명이 울음을 터뜨리자 곧 모두가 흐느껴 울었다 우리는 나뭇잎 배를 불렀다 선생님을 위로하기 위해 최선을 다했다 울음이 그치지 않았다 노래하며 울며 토했다 너무 슬펐기 때문인지 멀미를 한 탓인지 알 수 없었다 우리는 상을 받지 못했고 돌아오는 버스 안에서도 울었다 울다가 토했다 아직 어려서 슬픔을 모른다고 했다

환상의 빛

아침에 자기 이불을 팔고
저녁에 울면서 다시 그것을 사러 온 사람처럼

눈알을 잃어버린
맥베스의 마녀들처럼

자신의 그림자를 피해
끝없이 달아나는 사람처럼

잃어버린 아이를 찾으려고
한낮에도 등불을 들고 다니던 여자처럼

불 꺼진 사무실에 갇힌
내일의 유령처럼

한여름에 흩날리는 눈처럼

두 사람이 숲으로 들어갔는데
한 사람만 숲에서 나오는

무서운 이야기처럼

공원

산책하는 사람들이 많았다 산책하는 개들이 많았다 산
책하는 벤치들이 많았다 산책하는 유령들이 많았다 산책
하는 나무들이 많았다 산책하는 새들이 많았다 산책하는
별들이 많았다 산책하는 주파수들이 많았다 산책하는 발
자국들이 많았다 모두 작은 모형들 같았다 어디로 가야 하
는지 모른 채 걷고 있었다 산책하는 지구도 알지 못하는
산책하는 가을도 알지 못하는 공원의 밤

병원

환자들이 병원 앞뜰에서 볕을 쬐고 있다 청소부는 낙엽을 쓸고 노인들은 은행을 줍고 아이들은 나무 위로 올라간다 환자들이 담배를 피우고 공을 던지고 나뭇잎을 밟고 양손으로 얼굴을 감싸고 울고 있다 우체부가 들어오고 피아노가 나가고 조문객이 들어오고 구름이 나간다 바보가 들어오고 백치가 나가고 오르간이 들어오고 딱정벌레가 나간다 쥐들은 쥐구멍으로 사라진다 병원 뒤편 숲에서 환자들이 나온다 잠든 채로 걸어 나온다 환자들이 버스를 타고 멀리멀리 간다 개가 짖는다 햇볕이 들어가고 그림자가 나온다

까마귀들

까마귀들이 밤을 물고 왔다
동네 골목마다 까마귀들이 가득하다

까마귀들이 먹다 버린 사과
까마귀들이 신다 버린 장화
까마귀들이 쓰다 깨진 안경
까마귀들이 두드리다 버린 피아노
까마귀들이 쓰다 만 일기
까마귀들이 울다 잠긴 어항
까마귀들이 쾅쾅 두드리던 문
까마귀들이 들어갔다 나오지 못한 검은 비닐봉지

눈이 내리자
눈 속에 묻힌
눈 속에 묻혀 이제는 보이지 않는
까마귀들이 없는 밤

까마귀들이 없는 겨울
까마귀들이 없는 세계

밤을 지새우는 사람들

도시에서 사람들은 영원히 젊어 보였다
죽음이라는 유산을 물려받았지만
누구도 거절하지 못했다
죽어야만 가장 먼 곳을 여행할 수 있다는 것을
달에 다녀온 사람도 알지 못했다
때로 깊은 밤
극장의 어둠 속에서만 눈물을 흘렸다
창밖으로 미끄러져가는 빙하를 묵묵히 바라보았다
한여름에도 녹지 않는
지구만큼 오래된
한없이 깊은 잠

그런 밤이면 연필을 깎고
나는 백지 속으로 들어갔다

너무 오래 잠들어
꿈이 나를 떠났다

야간 비행

나는 공중을 날았다 미풍을 가르자 날개가 가볍게 펄럭였다 아래로 산과 들이 펼쳐져 있었고 숲과 강이 이어져 있었다 꿈의 검은 연기를 뿜는 공장도 있었다 내 곁을 통과하는 흰기러기 떼도 있었다 한참을 날자 불이 켜진 공중전화 부스가 밭 한가운데 서 있었다 천천히 내려와 공중전화 부스로 들어갔다 아는 번호 몇이 떠올라 전화를 걸었다 누구도 받지 않았다 검은 포도밭 한가운데서 담배를 피웠다 저 깊은 밤을 날면 어디까지 갈 수 있을까 밤은 어떻게 세계를 확장하는 걸까 그때 불현듯 공중전화의 벨이 울렸다 수화기 너머에서 누군가 내게 말했다 여보세요 죽선이 아니니 죽선이지 죽선아* 열쇠는 두번째 화분 아래 있단다 뭔가 말하려고 했는데 내 입속에서 나오는 것은 희뿌연 연기였다 안개였다 공기 중으로 흩어졌다 밤이 끝나가고 있었다 다시 공중을 날아왔던 길을 되돌아갔다 어두운 동굴 속으로 들어가 검은 날개를 접었다 거꾸로 매달려 매일 밤 나는 날았다 지도에는 없는 곳을 날았다

* 최승자, 「개 같은 가을이」 (『이 時代의 사랑』, 문학과지성사, 1981)에서.

Ghost

그 여름 내내 도시에는 믿을 수 없을 정도로 죽음이 창
궐하고 있었다 K는 이른 아침 기차역에 내려 한 시간을 걸
어 집으로 돌아왔다 택시도 버스도 사람도 보이지 않았다
우유 배달부가 두고 간 우유와 신문 배달부가 두고 간 신
문이 집 앞에 놓여 있었다 K는 가방을 내려놓고 식물들에
게 물을 주고 우편함에서 편지들을 꺼내 왔다 동네에도 집
앞 골목에도 복도에도 사람은 없었다 음악을 켜고 냉장고
에서 먹을 것을 꺼내 왔다 밥알을 천천히 씹으며 창밖을
보았다 마치 정지된 것 같은 풍경이 창밖에 있었다 드넓은
학교 운동장 모래 철봉 건물 나무들 더없이 밝고 밝은 빛
이 감싸고 있었다 그런데 아무도 없었다 태양의 열기가 도
시를 조용히 삼키고 있었다 자신이 아는 모든 밤에서 멀어
졌다는 걸 순간 K는 깨달았다 밥알을 씹다 말고 K는 서둘
러 다시 가방을 들었다 가장 먼 곳으로 가는 기차를 탔는
데 도착해보면 다시 그곳이었다 우산도 없이 비 맞고 서
있는 K의 모습이 종종 발견되었다 그해 여름 믿을 수 없이
많은 사람이 죽었고 죽은 줄 모르는 사람도 많았다

생각하는 냉장고

당신이 내 아버지요? 남편이요? 아들이요?
내가 묻자 그는
말없이 냉장고 안으로 들어가버렸다
내가 집어넣은 것은 아니다

냉장고 안은 때로 넓고 깊고 어둡고
생각날 때마다 맨 아래 칸까지 뒤져봤지만
환한 냉기만 집 안 가득 흘러나왔다

곧 그를 잊었다
때때로 떠오르던 질문들도 잊었다

밤잠도 낮잠도 찾아오지 않던 어느 날
그가 냉장고 문을 열고 나왔다

거기도 바람이 불고 비가 오고 햇빛이 있냐고
    좁은 골목과 분수대와 여름 노래와 웃음소리가, 질문들
이 있냐고 물었다
    당신도 한번 들어가보면 알 것이라고

그는 말했다 그리고
나는 이상하게도
웃어야 할 때 울거나 울어야 할 때 웃었다

당신이 내 어머니인가? 아내인가? 딸인가?
그가 물었을 때 나는 잠자코
냉장고 문을 열었다
그가 떠민 것은 아니었다

집집마다 크고 단단하고 아름다운 냉장고가 있다

알랭 레네의 마음

알랭 레네의 마음을 들여다보면
무진장 눈이 내리고

인생이 겨울밤 같아
너의 말이 떠오르고

노동자들의 물결
잿빛 새들의 행렬
겨울의 희미한 빛 사이로 날아다닌다

늦은 밤 취한 사람들은 길을 잃고
열쇠를 잃어버린 사람들은 문 앞에서 잠들고
겨울에 잠든 사람들은 머리에 앉은 새 소리에 눈을 뜨는

잠에서 깨어 다시 들여다보면
아직도 눈이 내리고 있다

누가 알랭 레네의 마음에
눈이 내리게 하는가

우두커니 눈 맞고 서 있게 하는가

죽음에 이르는 병

마당을 가져본 적 없는 아이들이
개와 놀고 있다

주방을 가져본 적 없는 부인이
그릇을 닦고 있다

집을 가져본 적 없는 사람이
눈 덮인 산에 불을 지른다

어느 날
잠긴 서랍을 열어보고
어두운 쥐구멍에 손도 넣어보고
잠 못 이루는 밤이면
눈먼 새 소리를 흉내 내며 우는 사람들

먼 나라에서는
나와 똑같이 생긴 사람이
나와 다른 삶을 살고 있을지도 모르지

울음을 그치고 잠들면

데리고 놀던 개에게 물려

병에 걸리는 시간이다

야옹뚱뚱

창문 아래 골목 고양이 울음소리에
내 고양이가 보이지 않는다는 걸 깨달았다

고양이는 언제부터 보이지 않는 것일까

어제 나는 부산에 있었는데
흰 봉투를 들고 가서 국과 밥을 먹고
죽은 사람에게 인사하고 돌아왔다

모르는 사람의 배웅을 받고 기차를 타고
얼굴에 책을 덮고 자는 사람 옆에 앉아
서울로 돌아왔다

내 고양이의 이름이 기억나지 않아
어리둥절하게 야옹 소리를 내보다가

사무치게 그리운
잃어버린 고양이의 이름을 지어주었다

야옹뚱뚱

야옹뚱뚱

부르자

야옹뚱뚱이 금세 졸린 눈으로 달려왔다

단편 같은 장편

아버지를 아저씨로 부르거나 아저씨를 아버지로 부르
는 일 그게 뭐 별건가 아줌마를 어머니로 부를 수도 어머
니를 아줌마로 부를 수도 있는걸 그리고 아줌마와 아저씨
와 함께 살 수도 가족이 될 수도 있다 아줌마와 아저씨는
날 사랑할 수도 있고 나를 위해 자신을 희생할 수도 있다
때로는 나를 학대하고 어둠 속에 혼자 내버려두기도 한다
나는 그들을 미워하지 않는다 세상의 모든 아줌마와 아저
씨, 그리고 사람들은 모두 외롭다는 걸 알고 있다 그들은
밤마다 잠꼬대를 한다 그들은 기억하지 못하는 말 잠이 아
니라면 하지 못하는 말 그들이 되고 싶었던 건 아저씨도
아니고 아줌마도 아니고 아버지도 아니고 어머니도 아닌
걸 그들이 되고 싶었던 건 음악이나 달, 혹은 쏟아지는 눈
이나 나무 같은 것이었을지도 모르지 나는 그 무엇으로 불
려도 상관없지만 그 무엇도 되고 싶지 않다 그러니까 아저
씨를 아버지라고 부르거나 아버지를 아저씨로 부르거나
어머니를 아줌마로 부르거나 아줌마를 어머니라고 부르
거나 이런 일들은 아무것도 아니야 나는 가끔 나를 박쥐라
고 부르거나 굼벵이라고 부르거나 아메바로 부르지만 아
무 일도 일어나지 않는다

죄와 벌

좋은 사람들이 몰려왔다가
자꾸 나를 먼 곳에 옮겨 놓고 가버린다

나는 바지에 묻은 흙을 툭툭 털고 일어나
좋은 사람들을 생각하며 집으로 돌아온다

쌀을 씻고 두부를 썰다
식탁에 앉아 숟가락을 들고
불을 끄고 잠자리에 누워

생각한다
생각한다

생각한다

결렬

장은정
(문학평론가)

빠져나가는 것

어째서 어떤 시들은 끝내 잊히지 않을까. 그저 한 페이지에 단정하게 인쇄된 글자들에 불과한데도, 한번 읽어버리고 난 후에는 평생 빠지지 않는 멍 자국처럼 도저히 벗어 던질 수 없는 경험으로 남는 시들이 있다. 책장을 덮은 후에도 좀처럼 잔상이 사라지지 않는다. 오히려 밝고 희미해서 도무지 걷어낼 수 없는 장막을 드리운다고 해야 할까. 강성은의 이번 시집을 읽는 내내 다르게 읽어야 한다고 생각했다. 시계를 풀어 헤쳐 여러 톱니들이 어떻게 맞물리는지를 상세히 알아낸다고 해서 시간이 무엇인지 이해할 수 있게 되는 것은 아닌 것처럼, 한 시집 속에서 반복되는 이미지를 핀셋으로 집어내듯 골라 나름의 논리로 재배열한다고 해서 시들을 더욱 이해할 수 있게 되는 것은 아니기 때문이다.

그렇다면 어떻게 읽어야 할까. 아마 강성은의 시에 가장 어울리지 않는 말은 '시 세계'라는 말일 것이다. 이 말은 시가 읽거나 쓰는 자들로부터 분리되어 저 홀로 존재할 수 있다는 듯이 들린다. 그러나 강성은의 시에 대해 확신을 가지고 말할 수 있는 거의 유일한 것이 있다면, 이 시들은 자신만의 세계를 완성하는 것에 아무런 관심이 없다는 점일 것이다. 이를 누구보다 빠르게 눈치챘던 어떤 시인은 이렇게 쓴 바 있다. "강성은이 옹호하는 세계는 없다"(함성호). 그녀의 시를 읽는 일은 이편의 세계에서 저편의 세계로 건너가는 일이 아니며 오히려 그동안 살아오던 세계가 통째로 무너져 내리는 일에 가깝다. 움직이는 건축이라고 해야 할까? 그러니 가로와 세로를 반듯하게 재단하여 유리 보관함에 넣을 수 있는 시의 설계도가 아니라, 걷는 동안 복도가 계단이 되고, 계단이 테라스가 되면서 매 순간 발밑에서 빠져나가는 고유한 시적 경험에 대해 쓰자.

나는 식판을 들고 앉을 자리를 찾는 아이였다
식은 밥과 국을 들고 서 있다가
점심시간이 끝났다

문득 오리너구리는 어쩌다 오리너구리가 된 걸까

오리도 너구리도 아닌데

이런 생각을 하며

긴 복도를 걸었다

교실 문을 열자

아무도 없고

햇볕만 가득한 삼월

—「Ghost」 전문

식판을 들고 앉을 자리를 찾고 있는 아이의 모습을 쉽게 떠올릴 수 있을 것이다. 시끌벅적한 점심시간의 쾌활함 속에서 어정쩡하게 서 있는 아이를, 모두가 보이지 않는 척 행동할 때, 배제란 얼마나 고요하고도 치밀하게 이루어지는 일인가. 아이가 느끼고 있을 법한 두려움과 난감함, 수치심은 지금의 세계에서 매일 벌어지는 일이기에 이 문장들이 불러일으키는 상상 또한 식어가는 밥과 국처럼 구체적이다. 그런데 점심시간이 끝나고 긴 복도를 걸어 교실로 돌아가는 동안 전혀 예기치 못했던 일이 벌어진다. 점심시간의 시끌벅적하던 쾌활함은 일시에 사라지고, 텅 빈 교실에는 햇빛만이 가득하다.

식판을 들고 앉을 자리를 찾는 아이로부터 시작된 시는 부당함에 맞서 어떠한 사건을 일으키거나 삭제당한 자가 써 내려갈 수 있는 고통을 실감 나게 표현하는 것으로 이어지지 않는다. 텅 비어버린 교실과 놀라운 고요, 햇빛만을 남겨둘 뿐이다. 예상을 벗어나는 전개 때문에 화자와 독자 모두 어리둥절한 기분에 휩싸이고 마는데, 이 기분이야말로 강성은의 시에서 가장 자주 경험하게 되는 감각이다. 어리둥절함 속에서 묻게 된다. 난감하던 점심시간은 꿈이었던 걸까? 이 믿을 수 없는 삼월의 교실은 대체 어디인가?

아이의 난처함에 감정이입을 할 때, 읽는 자들은 떠들썩한 식당에 홀로 서 있는 화자의 모습을 마치 자신의 눈앞에서 보는 것처럼 생생하게 상상할 수 있다. 이때의 상상은 엄밀히 말하면 재현인데, 우리의 일상 속에서 경험한 바 있는 식당과 식판, 화자와 아이들을 그대로 다시 상연하는 일이기 때문이다. 그러나 텅 비어버린 교실과 햇빛의 출현은 점심시간과 식판, 화자가 누구(무엇)인지 질문하게 만든다. 일종의 '무효화'라고 할 법한 일이 벌어지는 것이다. 읽게 만든 후, 읽은 것을 알아볼 수 없게 만드는 시라니, 무슨 일일까.

이미 시작된 일

점심시간의 식당에서 복도를 통과하여 텅 빈 교실에 도착했을 때, 이는 자명하게 알고 있다고 믿었던 세계가 모르는 세계로 변화하는 과정이기도 하다. 화자와 독자역시 어리둥절한 기분 속에서 모르는 자로 변모하게 된다. 그때 우리는 어떤 존재가 되는가. 아무런 맥락도 없이 그저 덩그러니 놓여 있는 존재다. 어디서부터 비롯되었고 왜 여기에 당도해 있으며 지금이 언제인지 아무것도 알지 못한 채로 우두커니 방치된 존재. 이는 점심시간에 고요하게 일어나는 따돌림이 오히려 안온하게 느껴질정도의 전면적 박탈이 아닌가? 점심시간 동안 발생한 일들이 어떤 상황인지 이해할 수 있는 종류의 잔인함이라면, 텅 빈 교실은 그러한 최소한의 이해마저 빼앗긴 사건이기 때문이다.

　　이대 앞에 살 때 자주 봤던 두 사람
　　레닌그라드 카우보이처럼 머리를 세운 거구의 남자
　　한여름에도 오리털 잠바를 입고 있던 까만 맨발 여자
　　전철역 주변을 서성이며 혼자 중얼거리다
　　가끔 하늘을 보며 히죽히죽 웃었다
　　많은 사람들이 스쳐 지나갔다

　　밤이 되면 저들은 어디로 돌아가는지
　　밤이 되면 저들의 눈은 무엇을 보는지

　　언젠가 꿈속에서 나는 길바닥에 누워 있었다 지나가던

사람들이 동전을 던지거나 발로 차기도 했는데 어떤 낯선
얼굴이 안타까운 표정으로 내 눈을 보며 눈물을 흘리기도
했는데 왜인지 나는 일어날 수도 소리를 지를 수도 없었다

　그때 하늘은 여전히 평화로웠다
　새들은 멀리로 날아가고
　왜인지 밤은 다시 오지 않았다

　그곳은 평화롭겠지

　　　　　　　　　　　　　　　　　　──「그곳은 평화롭겠지」 전문

　이대 앞에 살 때 자주 보았던 거구의 남자와 까만 맨발
의 여자에 대한 묘사로부터 시는 시작된다. 같은 곳에 있
으면서도 마치 없는 존재처럼 취급받는다는 점에서는 앞
서 인용한 시에서의 화자와 비슷하다. 전철역 주변을 서
성이며 혼자 중얼거리는 모습이나 가끔 하늘을 보며 히
죽히죽 웃는 모습은 자주 동원되는 재현 방식이다. 그런
데 2연의 의문, "밤이 되면 저들은 어디로 돌아가는지/밤
이 되면 저들의 눈은 무엇을 보는지"에 의해 이 시는 전
혀 다른 국면으로 접어든다. '저들은 무엇을 보는가' 하
는 의문과 더불어 익숙하던 재현의 방식으로는 보이지
않던 것, 즉 두 사람의 눈동자에 무엇이 비치고 있는지
집중하게 된다.

마치 그 눈동자 속으로 걸어 들어간 것처럼 3연이 시작된다. 이제 화자는 보는 자가 아니라 보이는 존재로 전환되어 있다. 길바닥에 누워 자신을 보는 사람들을 바라보는 진술들이 이어진다. 이로 인해 그들이 밤이 되면 어디로 가는지, 무엇을 보는지 궁금해하던 그 의문은 해소된 것처럼 보인다. 꿈속에서 직접 그들이 되었기 때문이다. 그러나 이상한 일이다. "왜인지 나는 일어날 수도 소리를 지를 수도 없었"고 "왜인지 밤은 다시 오지 않았"기 때문이다. 평화로운 하늘과 멀리 날아가는 새들의 이미지는 너무나 안온하여 아무런 나쁜 일도 생길 것 같지가 않다. 그러나 바로 그 때문에 더욱, 무언가 잘못되었다는 불길함에 사로잡힌다.

무언가가 보이지 않는다. 분명히 존재하고 있으나 정작 그것이 무엇인지는 볼 수도 알 수도 없다. 오로지 평화롭기만 할 뿐인 이곳에서 대체 무슨 일이 일어나고 있는 것일까? 대체 밤은 왜 오지 않는 것이며, 어째서 화자는 움직일 수도 말할 수도 없는 것일까? 무언가 놓친 것이 있다. 3연까지만 해도 읽는 자는 화자를 마치 거구의 남자나 맨발 여자처럼 거리를 두고 지켜보면서 장면을 구성하며 읽어나갈 수 있다. 그러나 놓친 것이 무엇인지 가늠해보려는 노력 속에서 마지막 연을 읽을 때, 예기치 못한 전환이 한 번 더 발생한다.

"그때 하늘은 여전히 평화로웠다"라는 구절의 경우엔

꿈속의 길바닥에 누워 있는 화자가 하늘을 바라보는 상황을 기반으로 한 진술임을 유추할 수 있다. 그러나 "그곳은 평화롭겠지"라는 마지막 구절은 누구의 것인가? 게다가 '그곳'은 어디를 말하는 것인가? 이를 화자의 대사라고 추측한다고 한들, 이 진술의 의도를 알 수 있는 것은 아니다. 이 때문에 시를 읽어나가던 자들은 자신이 마치 길바닥에 누워 있는 것 같은 기분에 사로잡힌다. 사방은 환한 낮으로 가득한데, 어째서 보이지 않는 밤으로 빈틈없이 둘러싸인 느낌일까?

식판을 들고 서 있는 아이라거나, 전철역 주변을 맴도는 거구의 남자와 까만 맨발의 여자의 등장으로 시가 시작될 때, 우리는 무심결에 그들을 읽어버리고 만다. 별다른 시적 변형을 가하지 않고 익숙한 일상적 재현의 원리 속에서 묘사되는 탓에 의식하기는 어렵지만, 사실 읽는 자들이 만나는 것은 그들이라기보다 그들이 누구인지 알고 있다고 믿게 만드는 원리 자체다. 물론 시를 읽으며 곧장 이를 통찰해내기란 쉽지 않다. 우리가 평소 살아가는 일상적 세계야말로 그러한 믿음 없이는 결코 작동하지 않기 때문이다. 마치 정류장에서 기다렸던 버스에 올라타거나 정확한 시간에 약속 장소에 도착하며 우리가 살아가고 있는 것처럼, 그렇게 삶을 살아가듯 시를 읽었을 뿐인 것이다.

그러나 세상이 작동하는 방식으로 시를 읽어가다 말

고 두려울 정도로 끝없이 평화롭기만 한 한낮의 세계 속에 홀로 남겨질 때, 끝없이 밀려오는 이 상실감은 무엇일까. 대체 무엇을 가지고 있다고 믿고 있었기에 이제야 통째로 잃었다고 느끼게 되는 것일까. 무슨 뜻으로 하는 말인지도 모르면서 "그곳은 평화롭겠지"라고 되뇌다 보면 그 평화 속에 사실은 감당할 수 없을 만큼 끔찍한 무無가 있음을, 세계를 잃은 것이 아니라 애초에 잃을 세계 자체가 없었음을 알게 되기 때문이 아닐까. 아무것도 존재하지 않는 것보다 평화로운 것이 있는가. 그러나 묻자. 사람은 그러한 평화 속에서 살아갈 수 있는가.

겪지 않은 기억

'현실'이라는 단어가 무엇을 뜻하는지 알지 못하는 사람들이 있다. 그런 사람들이 시를 읽게 된다고 생각해왔다. 약속을 정하고, 버스를 검색하고, 약속 시간에 맞추기 위해서는 언제부터 준비를 시작해야 하는지, 그런 것들을 면밀하게 잘 챙겨가며 일상이라고 불리는 영역 속에서 살아가고 있으나 버스 정류장에 앉아 버스를 기다리다 말고 내리쬐는 햇빛 속에서 모든 것이 낯설게 느껴지는 것이다. 그런데 겨우 이 정도의 낯섦을 감당하며 무감하게 살아가던 자가 「그곳은 평화롭겠지」와 같은 시를 읽고 난 후에는, 그 전에는 아무렇지도 않았던 '평화'라는 단어가 눈동자를 찌르며 파고드는 바늘 끝처럼 느껴지면서 더욱 일상의 질서가 감당하기 어려워지고 만다.

　사람이 시를 가진다는 것은 무엇을 의미하는가. 단지 시를 읽는 것에 그치지 않고 시를 읽는 것이란 무엇인지 질문하는 데까지 나아갈 때, 우리에게는 무슨 일이 일어나는가? 물론 이것은 블랑쇼의 질문이다. 말라르메를 이어받아 그는 이렇게 묻는다. *우리가 문학을 갖는다는 사실에서 어떤 일이 생겨나는가? "문학과 같은 어떤 것이 존재하는가?"라고 우리가 말할 때, 존재에 있어서 무슨 일이 일어나는가.* 사실 이 질문은 그 자체로 대답인데, 블랑쇼에게 문학이란 사물을 사라진 것으로 나타나게 만드는 언어로서 자신을 의심하고 염려할 때에야 비로소 출현하는 것이기 때문이다. 그러나 지금 여기, 질문이 곧 대답이 되는 아름다운 동어반복으로는 충분하지 않아서 우리에게는 이런 시가 필요하다.

　　자정 너머 눈 쌓인 길을 걸어 집으로 가는 남자

　　인적 없는 밤길

　　둘에 하나는 고장 난 가로등

　　갸우뚱했지만 남자는

* 모리스 블랑쇼, 『문학의 공간』, 이달승 옮김, 그린비, 2010, p. 47.

발이 푹푹 빠져 들어가는 눈길을 겨우 헤치고 나아간다
어디선가 살아 있는 것이 낑낑거리는 소릴 들었지
눈 속에 파묻힌 개를 끌어 올려 품에 안고
작은 개야, 오늘 밤은 나와 함께 가자
다시 컴컴한 어둠 속에서
길을 찾아 집으로 돌아가는 것이었다

그 장면을 보던 나는 알아버렸지
아, 나는 아직 태어나지 않았구나

저들은 아주 행복해 보였고
그것은 오래전의 먼 일이었으나

가능하다면 미래이길
나는 그들의 뒷모습이 사라질 때까지 지켜보았다
　　　　　　　　　　　　　　　—「밝은 미래」 전문

　자정이 넘은 어느 겨울밤, 눈 쌓인 길을 걸어 집으로
돌아가는 한 남자의 모습으로부터 시는 시작된다. 발이
푹푹 빠질 만큼 쌓인 눈을 헤치며 나아가다 말고 "어디
선가 살아 있는 것이 낑낑거리는 소리"를 듣는다. 눈 속
에 파묻힌 개를 찾아낸 남자가 "작은 개야, 오늘 밤은 나
와 함께 가자" 말을 걸며 개를 안고 집으로 돌아가는 따

듯한 한 장면. 어쩐지 흐뭇한 마음으로 바라보게 되는 이 장면을 함께 지켜보던 화자가 이제야 깨달았다는 듯이 말한다. "아, 나는 아직 태어나지 않았구나"라고. 극도로 절제되어 있는 이 작은 중얼거림에 놀라게 되는 가장 큰 이유는 이 목소리가 어디서 들려오는 것인지 가늠할 수 없기 때문이다. 아직 태어나지 않은 자의 목소리가 닿을 듯 가까이에서 들려온다면, 이 시를 읽고 있는 '지금 – 여기'는 어디인가.

"저들은 아주 행복해 보였고/그것은 오래전의 먼 일이었으나"와 같은 구절을 참조한다면 1연은 과거의 일이다. 그러나 이를 아직 태어나지 않은 자가 말한다는 것은 기묘하다. 태어나지 않은 이에게도 기억이 있다는 것일까? 지나간 시간 이후에 현재가 놓이고 이후에 미래가 다가오는 방식으로 시간이 구성되어 있다고 믿는 자들에게 이 시의 발화는 불가능한 것이다. 그러나 이 시의 시간이 무엇인지 앞질러 이해하기 전에 우선 "아, 나는 아직 태어나지 않았구나"라는 구절을 반복해서 따라 읽어 보자. 사실은 시를 읽고 있는 바로 '지금'의 순간이야말로 가장 이해하기 힘든 불가해한 순간이 아닌가. 이 글을 읽고 있는 당신과 이 글을 쓰고 있는 나는 태어난 사람들인가? 당신은 당신이 살아 있다는 것을 무슨 근거로 믿고 있는가? 우리는 우리가 살아 있다는 것을 어떻게 알수 있을까?

우리 역시 화자와 마찬가지로 아직 태어나지 않은 존재일지도 모른다는 의아함 속에서 마지막 두 연을 읽자. "저들은 아주 행복해보였고/그것은 오래전의 먼 일이었으나//가능하다면 미래이길/나는 그들의 뒷모습이 사라질 때까지 지켜보았다". 이 구절들을 읽다 보면 남자가 작은 개를 안고 집으로 돌아가는 것이 아주 오래전의 일인지, 그것을 바라보는 시간은 언제인지, 우리가 태어난 존재인지 아닌지에 대한 생각을 잠시 멈추게 된다. 무엇보다 중요한 것은 저들이 아주 행복해 보인다는 것과 "가능하다면 미래이길" 바라는 '지금'의 순간일지도. 살아 있는 것조차 확신할 수 없을 만큼 모든 실감이 희미해지는 시간에도 무언가가 가능해지기를 바란다면, 그것은 아직 태어나지도 않은 이들이 잠시 살아버리는 삶이라고 해야 하지 않을까.

강성은의 시를 갖는다는 것은 살아 있다는 것을 믿지 못할 때에만 가능한 삶을 살아갈 기회를 갖게 된다는 뜻일지 모르겠다. 이는 무엇이 살아 있는 것이고, 무엇이 죽어 있는 것인지를 끊임없이 재규정하는 일이기도 하다. 그러니 햇빛이 들이치는 텅 빈 교실이나, 길바닥에 누운 채로 한낮에 홀로 남겨지거나, 작은 개를 안고 가며 점차 멀어지는 남자의 모습을 멀리서 지켜보는 동안 우리가 알고 있던 세계가 발붙일 곳 없이 한순간에 녹아버리는 것은 자연스러운 일이다. 이는 「그곳은 평화롭겠

지」의 평화 속에 도사리고 있던 '세계의 없음'이 '가능'
의 필수 불가결한 조건이라는 것을 보여준다. 그러나 이
삶은 지속될 수 있을까. 이것은 오로지 시를 읽고 쓰는
동안에만 허락된 경험은 아닐까.

결렬

　강성은의 두번째 시집『단지 조금 이상한』(문학과지성
사, 2013)을 열었던 첫 시의 제목이 "기일忌日"이었던 것
을 기억하는가. 삶이 끝나는 날짜로부터 시작되는 시집
이라니. 이번 시집의 여는 시 또한 음력의 마지막 날짜를
뜻하는 「섣달그믐」이다. 우리가 익숙하게 알고 있는 삶
이 일정 부분 죽어야만 읽기 시작할 수 있는 시집이라는
뜻이 아닐까. 그때 읽는 자들은 익숙하지 않은 평화 속에
처하게 되는데, 「밝은 미래」는 놀랍게도 세계의 없음 속
에서만 가능한 경험과 기억이 무엇인지를 그려낸다. 그
렇다면 이 시들을 빠짐없이 읽고 난 후, 우리는 어디(무
엇)에 도달하게 되는가? 시를 통해서만 가능한 삶을 모
두 살아버린 그 이후, 그러니까 이 시집을 읽은 후, 우리
의 삶에는 무엇이 남을까?

　좋은 사람들이 몰려왔다가

자꾸 나를 먼 곳에 옮겨 놓고 가버린다

나는 바지에 묻은 흙을 툭툭 털고 일어나
좋은 사람들을 생각하며 집으로 돌아온다

쌀을 씻고 두부를 썰다
식탁에 앉아 숟가락을 들고
불을 끄고 잠자리에 누워

생각한다
생각한다

생각한다

—「죄와 벌」 전문

앞서 인용했던 시들과 비교한다면 시적 사건이라고
할 만한 것이 없는 것처럼 보일지도 모르겠다. 좋은 사람
들이 '나'를 먼 곳에 옮겨 놓고 가버리자 '나'는 집으로
돌아와 이런저런 일들을 하고 잠자리에 누워 생각을 거
듭하는 것이 전부이기 때문이다. 그런데도 이 시는 읽는
자의 무엇을 건드리는 것이기에 이토록 먹먹할까. 1연에
서 화자는 마치 가방이나 짐처럼 취급받는다. 좋은 사람
들이 몰려와 나를 데리고 먼 곳에 옮겨 놓고는 가버리는

것이다. 홀로 남겨진 '나'는 이것이 마치 아무 일도 아니라는 듯이 "흙을 툭툭 털고 일어나/좋은 사람들을 생각하며 집으로 돌아온다". 집으로 돌아와서 하는 일은 쌀을 씻거나 두부를 썰고, 식탁에 앉아 숟가락을 드는 것들이다. 흔히 일상이라고 부르는 일들이 이어진다. 불을 끄고 잠자리에 눕는다.

마치 숨을 들이쉬고 내쉬듯 행갈이와 연 구분이 리듬감 있게 사이사이 끼어들면서 "생각한다"가 세 번 반복될 때, 그것은 나를 먼 곳에 두고 가버린 좋은 사람들에 대한 생각일 수도, 바지에 묻은 흙을 툭툭 털어버리는 자신에 대한 생각이거나 집으로 돌아와 쌀을 씻고 두부를 써는 자신에 대한 생각이기도 할 것이다. 겉으로 보기에 '나'에게는 아무 일도 없었던 것처럼 보인다. 집으로 돌아와 평소처럼 늘 하던 일들을 다시 하고 있으므로. 그러나 이 시의 제목이 "죄와 벌"이라는 점을 떠올려보자. 무엇이 죄나 벌에 해당하는지 알 수 없지만 죄가 있어 벌이 있고 벌이 있어 죄가 있는 관계가 더욱 중요할 것이다. 그러니 잠자리에 누워 "생각한다"가 세 번 반복되는 것은 오로지 먼 곳에서 돌아왔기 때문에 가능한 사건이라고 해야 하지 않을까.

이 시가 시집을 닫는 마지막 시라는 것은 의미심장하다. "좋은 사람"의 자리에 "좋은 시"라고 바꿔 써 넣을 때, 이것은 온전히 읽는 자들의 시가 되기 때문이다. 좋은 시들이 몰려와서는 우리를 먼 곳에 옮겨 놓고 가버린다. 우리는 별일 아니라는 듯, 바지에 묻은 흙을 툭툭 털고 일어나 좋은 시를 생각하며 집으로 돌아온다. 식사를 차리고, 약속을 잡고, 수많은 대화를 나누며 이 시집을 읽기 전과 다름없이 살아갈 것이다. 그러나 살아가는 시간 사이마다 견디기 어려운 평화가 끼어들어 무엇을 하고 있는지 알 수 없게 만들어버린다면, 시에서만 가능하던 '지금'이 살아가는 '지금'이 되는 순간이 아닐까. 물론 그것은 시를 읽는 자들이 겪어야 하는 죄와 벌이겠으나, 그때에야 가능한 당신의 삶이란 무엇일까. 이제 당신에게 들을 차례이다. ▨